GALILÉE
POISSON ROUGE
L'EAU EST RONDE!
L'EAU EST RONDE!
LE MALHEUREUX,
ÉCHOUER LÀ,
SI PRÈS DU BUT.
CHAMPIONNAT DU MONDE
DE NATATION
LE PLUS DROLE, C'EST
QUAND ILS PASSENT DES
RALENTIS.
AH! AH!

TENTATIVE DE SUICIDE

TU PEUX ME DONNER UN SYNONYME DE LIBERTÉ ?
LIBERTÉ ?... FACILE. MORT.

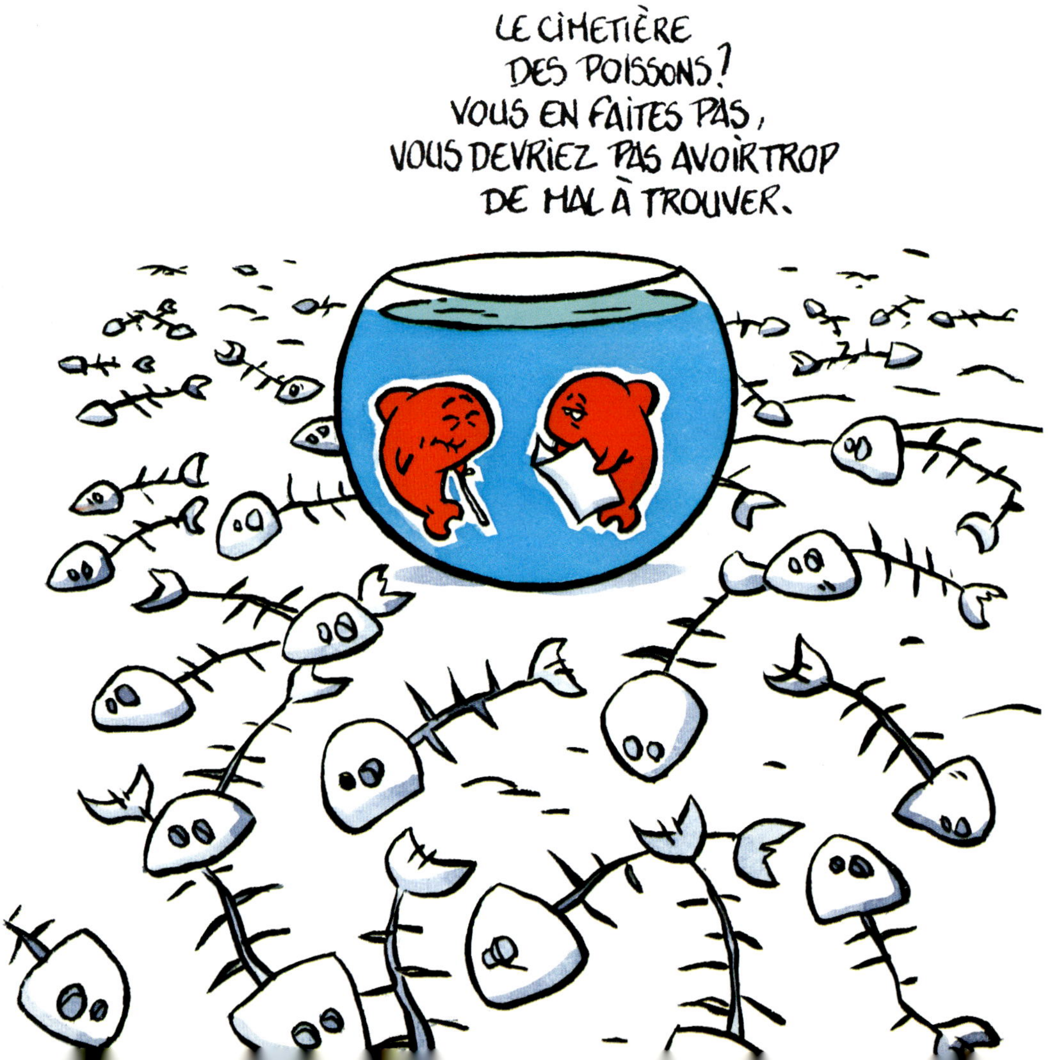
LE CIMETIÈRE DES POISSONS ? VOUS EN FAITES PAS, VOUS DEVRIEZ PAS AVOIR TROP DE MAL À TROUVER.

le fond du bocal

TOME 1 **nicolas poupon**

3e édition
dépôt légal : novembre 2006
ISBN 2-912249-41-4 • ISBN 978-2-912249-41-8

conception graphique *comillus*

le Cycliste productions

dans la même collection

Bla bla bla
sandrine revel

Le gardien de la tour
bast & matyo

Le gardien du zoo
bast & matyo

Le fond du bocal [5 tomes]
nicolas poupon

Rex et le chien
nicolas poupon

Inventions solubles dans le 3e millénaire
nicolas poupon

du même auteur

aux éditions le Cycliste :

Romeo Crapoto
1 • Albert et le loup

aux éditions Treize Etrange :

Les petites choses de la vie

Un nuage de lait

Le pigeon de la onzième heure

Le cri de l'autruche [2 tomes]

Noémie contre la Rumeur

aux éditions Le 9e Monde :

Petits mythes pour la pluie

aux éditons Petit à petit :

Monsieur Snob

aux éditions Paquet :

Super Sensible
1 • Monsieur José
2 • 4 Fesses

aux éditions Triskel :

Kirouek !

Les aventures de Michel et le Professeur

aux éditions Loch Ness :

Mademoiselle

aux éditions Soleil :

L'escalade de la chute

aux éditions Charrette :

No problem
[avec Mathieu Poupon]

Nicolas Poupon a reçu le prix du public au festival de Bassillac 2004

PARIGOTS, TÊTES DE VEAUX !
... 764 ... 765 ... 766 ... 767 !
J'AI RÉUSSI ! LIIBRE ! JE SUIS LIIIBRE !

POISSON ROUGE PARISIEN

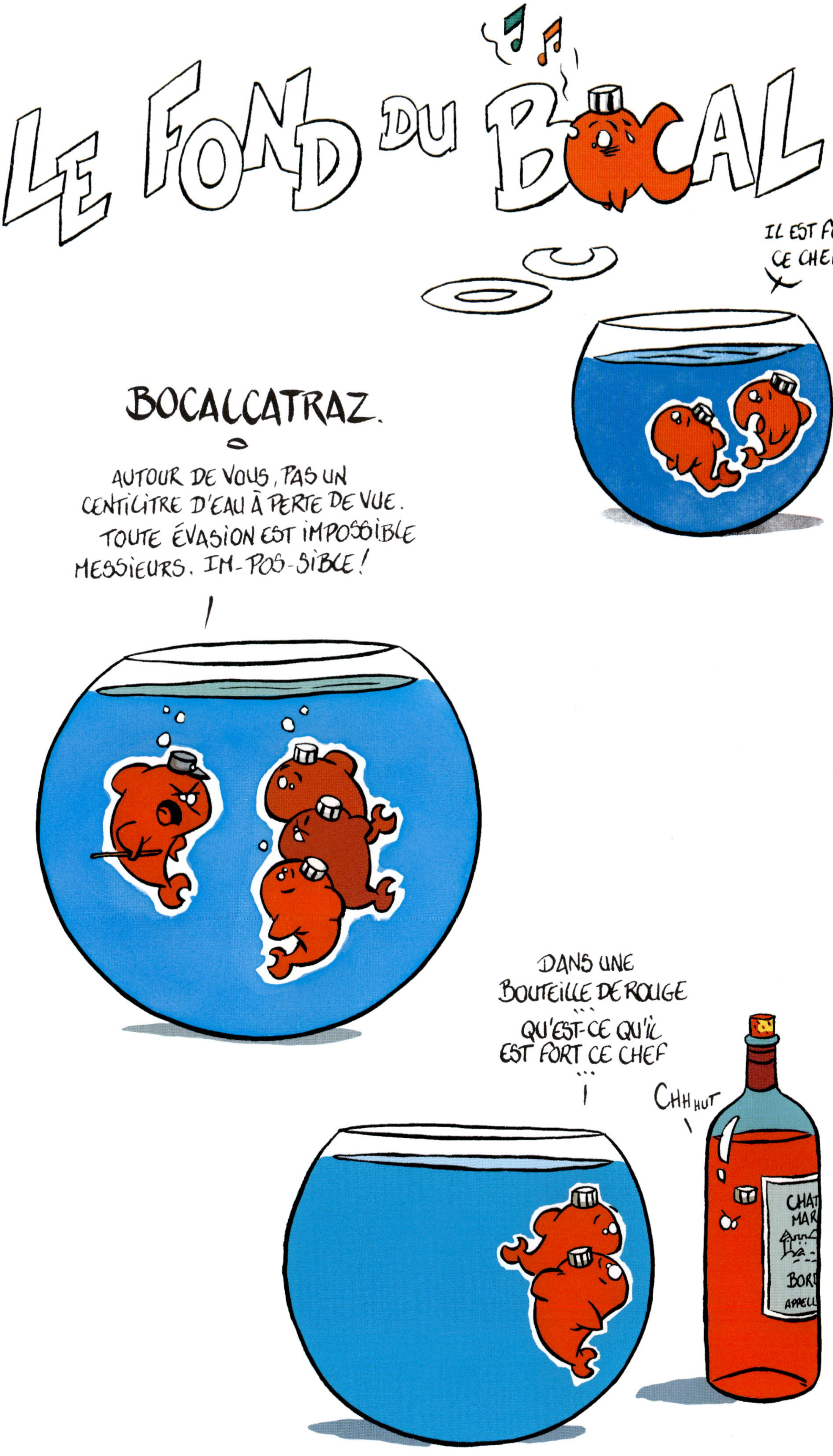
LE FOND DU BOCAL
IL EST FORT CE CHEF...
BOCALCATRAZ.
AUTOUR DE VOUS, PAS UN CENTILITRE D'EAU À PERTE DE VUE. TOUTE ÉVASION EST IMPOSSIBLE MESSIEURS. IM-POS-SIBLE !
DANS UNE BOUTEILLE DE ROUGE... QU'EST-CE QU'IL EST FORT CE CHEF...
CHHHUT

J'AI UN PLAN !... ON VA S'ENFUIR PAR LÀ.
LE CANARD DE TROIE.
UNE FOIS DANS LA BAIGNOIRE, ON SE BARRE PAR LES CANALISATIONS
MIAOU, MIAOU CE CON DE PIAF VA TOUT FAIRE RATER ! MIAOU.

SI ON RÉUSSIT À CONVAINCRE L'EAU DE VENIR AVEC NOUS, C'EST GAGNÉ

MIAOU
C'EST BON CHEF, VOUS POUVEZ ARRÊTER IL A FINI PAR COMPRENDRE.

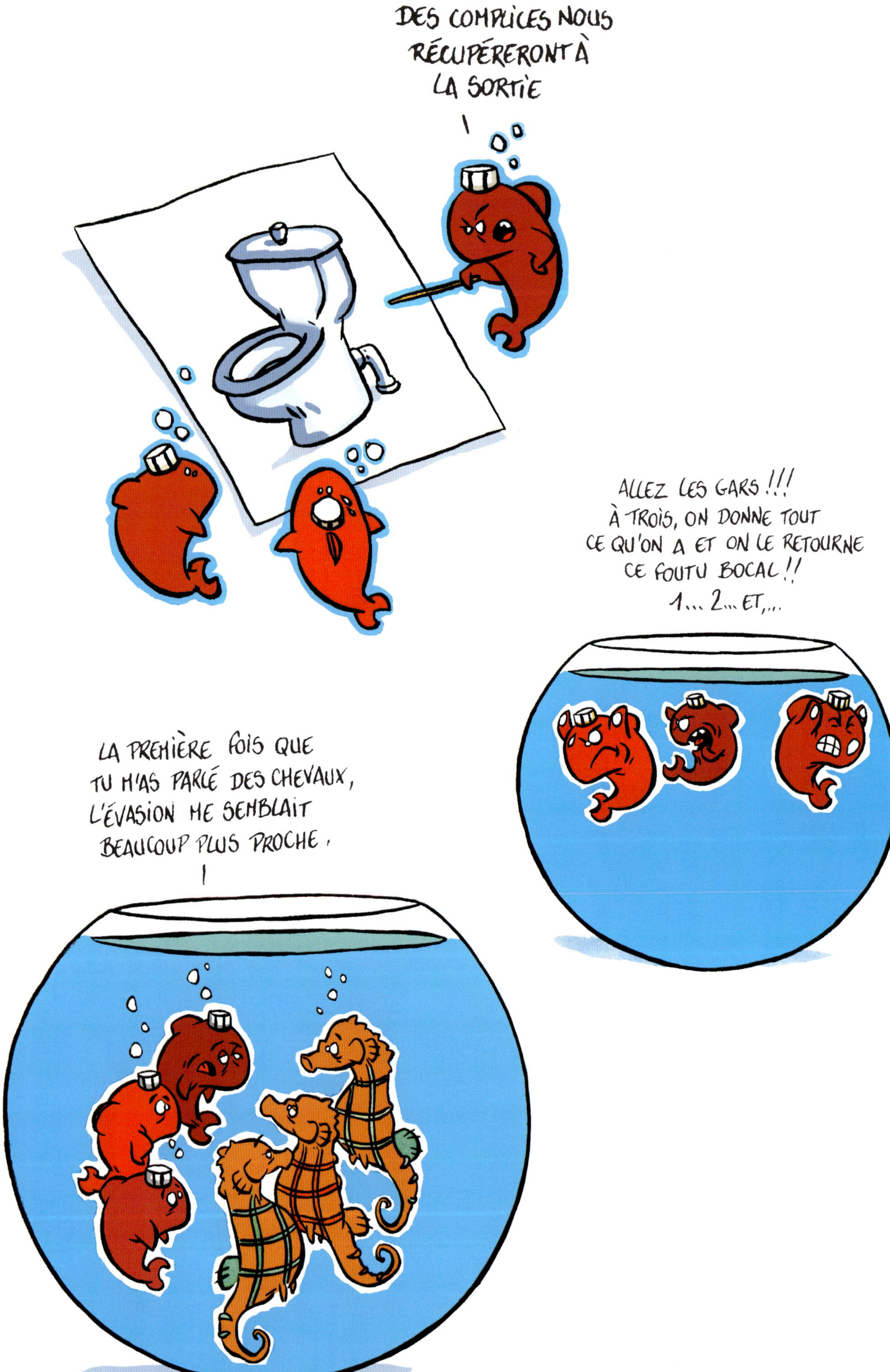
DES COMPLICES NOUS RÉCUPÉRERONT À LA SORTIE
ALLEZ LES GARS !!! À TROIS, ON DONNE TOUT CE QU'ON A ET ON LE RETOURNE CE FOUTU BOCAL !! 1... 2... ET,...
LA PREMIÈRE FOIS QUE TU M'AS PARLÉ DES CHEVAUX, L'ÉVASION ME SEMBLAIT BEAUCOUP PLUS PROCHE.

HEU... CHEF... RAPPORT À VOTRE PLAN... VOUS CROYEZ QUE LES CHATS ONT UNE BAIGNOIRE ?
UNE, DEUX ! UNE, DEUX !... MAIS C'EST PAS VRAI, NOM DE DIEU ! QU'EST-CE QUE VOUS ATTENDEZ POUR AVANCER ?!!
LAISSEZ TOMBER CHEF, J'AI L'IMPRESSION QU'ELLES SONT CASSÉES.

LE FOND DU BOCAL

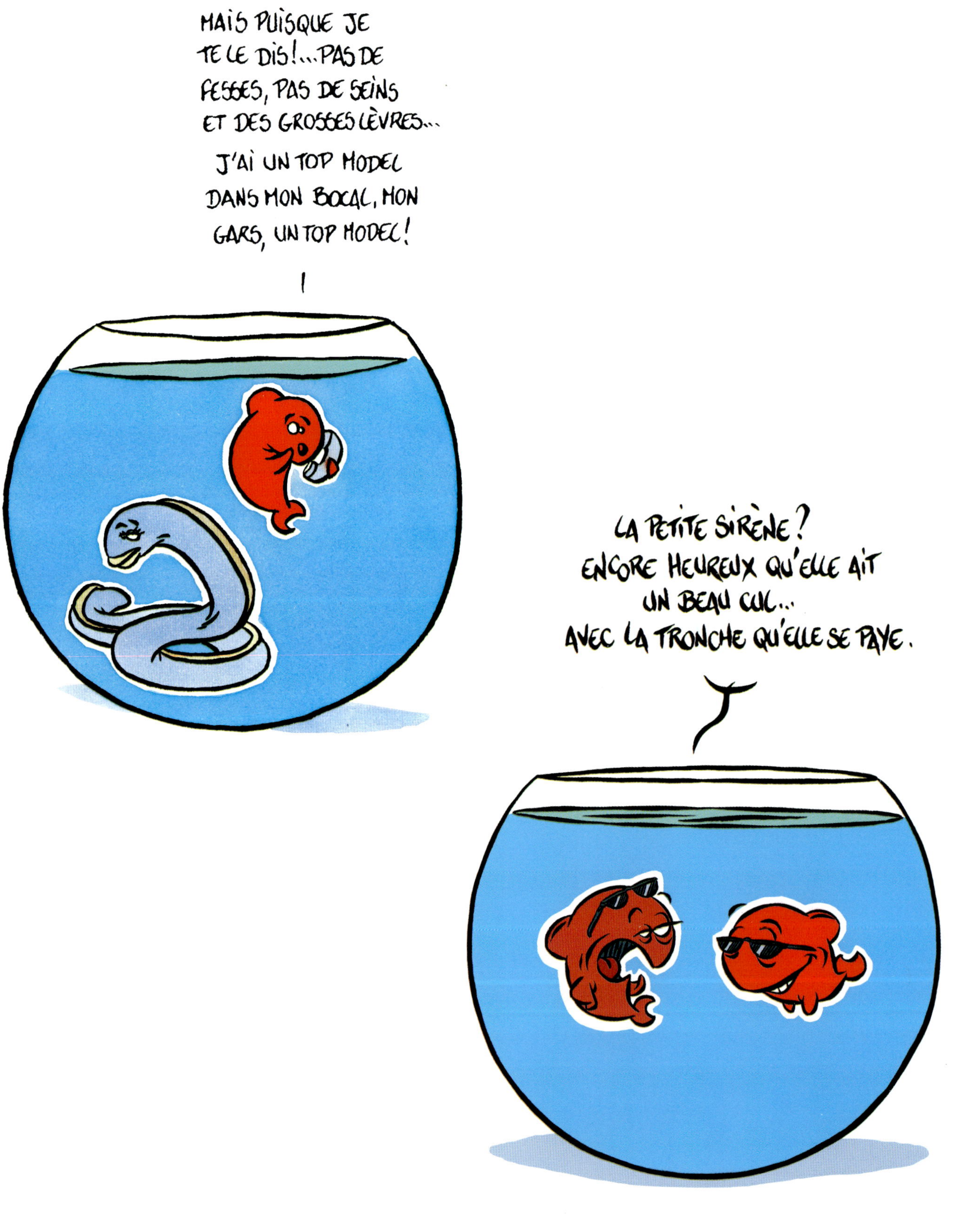

UN TIGRE, UN ZÈBRE, J'SAIS PLUS TRÈS BIEN. Y'S'RESSEMBLENT TOUS J'TE DIS !
MOI, C'QUE J'VOUDRAIS C'EST UN BOCAL EN FORME DE MER

MOI ?! UNE LOPETTE ? MAIS POURQUOI IL AURAIT DIT ÇA ?
LA JALOUSIE SÛREMENT, N'OUBLIE PAS QUE LES CHATS NE PEUVENT PAS ABOYER.

T'AS VU, MON CHÉRI ? Y A PHILIPPE STARK QUI A FAIT CONSTRUIRE JUSTE À CÔTÉ.
TU VOIS, CHÉRIE ? ON N'EST PAS SI MALHEUREUX.
CETTE ADOPTION À L'ÉTRANGER, J'CROIS BIEN QU'ON A FAIT UNE GROSSE BÊTISE.

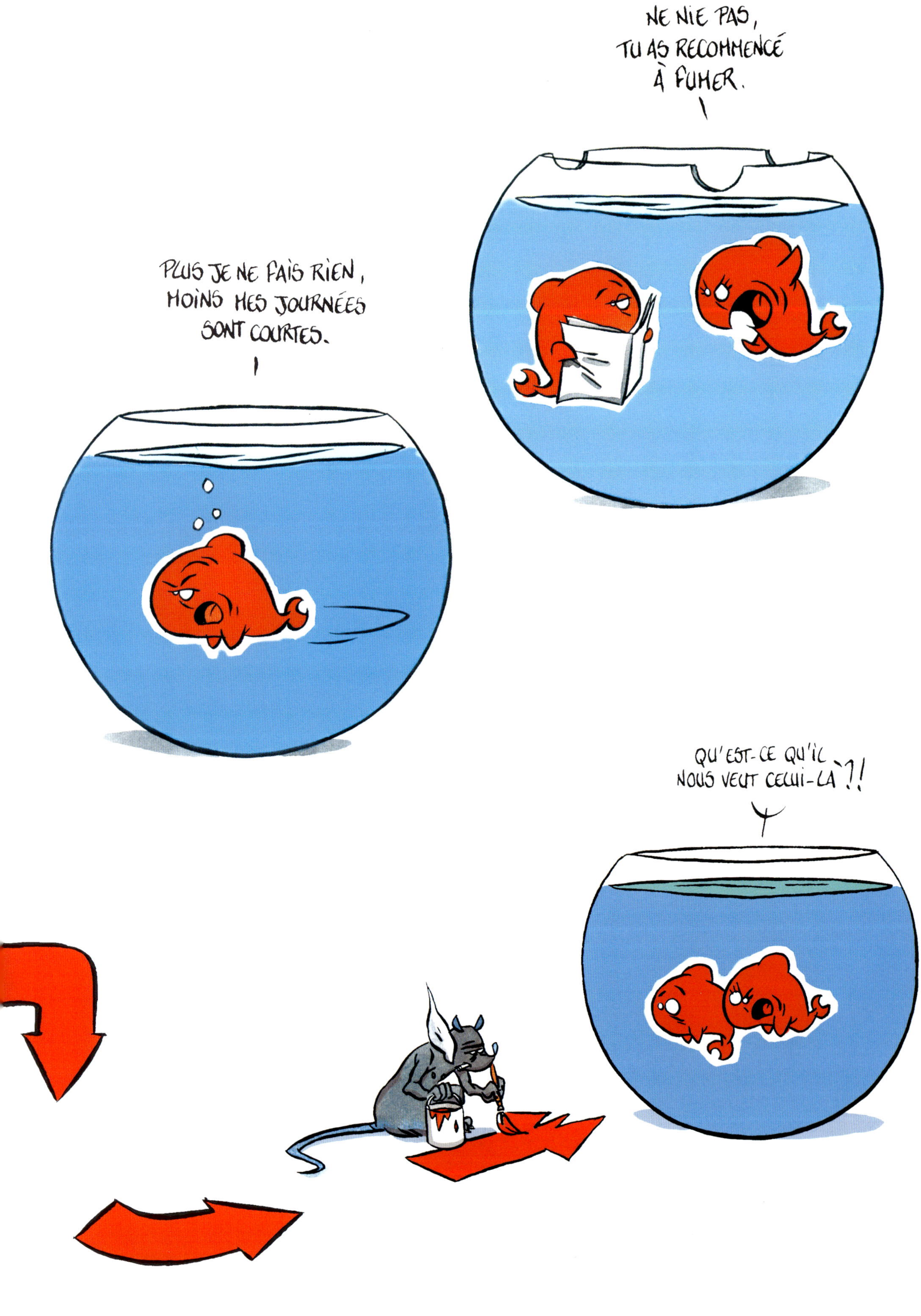
NE NIE PAS, TU AS RECOMMENCÉ À FUMER.
PLUS JE NE FAIS RIEN, MOINS MES JOURNÉES SONT COURTES.
QU'EST-CE QU'IL NOUS VEUT CELUI-LÀ ?!

TROISIÈME TENTATIVE CETTE SEMAINE, C'EST DÉCIDÉ, DEMAIN, ON LUI ACHÈTE UN FLINGUE !

JE TE L'AVAIS BIEN DIT, CE SONT DES PSYCHOPATHES ! DES PUTAINS DE PSYCHOPATHES !

LE FOND DU BOCAL
C'EST POURTANT PAS DUR À COMPRENDRE !
MIAM
MIAM
MIAOU
MIAOU
MIAOU
CUI CUI

Y'A PAS D'ARÊTES DANS LES CROQUETTES!
Y'A PAS D'ARÊTES DANS LES CROQUETTES!
Y'A PAS D'AR...
FAUT ESPÉRER QUE ÇA VA FINIR PAR LUI RENTRER DANS LA TÊTE.
CROQUETTES
KAS
CRO
WISKRAS
TE MARIER? MAIS QU'EST-CE QUE TU ATTENDS POUR NOUS LE PRÉSENTER, TON FÉLIX!

EUH...
LÉGITIME DÉFENSE

LA RÈGLE EST SIMPLE :
NE PAS ATTRAPER
LA QUEUE DU MICKEY.

PATIENCE
ILS FINIRONT BIEN
PAR TENTER UNE SORTIE

ILS LE NOURRISSENT À QUOI CE CHAT, POUR ÊTRE AUSSI CON ?!

DU SABLE ! CETTE FOIS, JE CROIS QU'ON A RÉUSSI, LA MER DOIT SE TROUVER JUSTE AU-DESSUS.
LITIÈRE.

ALORS, CHEF, ON A RÉUSSI ?
RÉUSSITE... RÉUSSITE... JE PARLERAI PLUTÔT DE PROGRESSION. MAINTENANT, ON A UN DUPLEX.
ALLÔ
HEU OUIII, BONJOUR, CE SERAIT POUR UN DON D'EAU POUR LUTTER CONTRE LES INCENDIES...
UNE FOIS DANS LE CANADAIR, ON LE DÉTOURNE JUSQU'À LA MER
LE F ND DU B AL

ALORS ?
TOUJOURS PAREIL, IL DOIT Y AVOIR UN SYSTÈME DE SÉCURITÉ, CHAQUE FOIS QU'ON S'APPRÊTE À SORTIR DE L'EAU, ELLES DISPARAISSENT
GNNN

REPARTIR PAR OÙ ON EST ARRIVÉS LA VOILÀ, L'IDÉE ! SOURIEZ LES GARS, ON Y EST PRESQUE.
À VENDRE

C'EST LE MOMENT
D'EN PROFITER.
C'EST QUOI CE TRUC?
T'AS UN NOUVEAU
PLAN?
UN PLAN?!
HEU... NON... TOUJOURS
RIEN.
HELIUM

POISSON ROUGE RUSSE

LE FOND DU BOCAL
TOUT EST DEVENU SI COMPLIQUÉ DEPUIS QUE J'AI DÉCOUVERT CE TRUC.
VA FALLOIR SÉRIEUSEMENT ESSAYER DE RÉFLÉCHIR À DE NOUVEAUX JEUX !!
6... 7... 8... 9...
TU VAS VOIR, AU DÉBUT, ÇA PIQUE UN PEU LES YEUX, ÇA FAIT ROTER, MAIS APRÈS...
BAIN MOUSSANT

ÉCOUTE ÇA ! 100% DES POISSONS ROUGES DALTONIENS DEVIENNENT SCHIZOPHRÈNES
NOOON !

DITES DONC, LES BEATNIKS, ÇA VOUS GÊNE PAS DE SQUATTER CHEZ LES GENS !!!

BAIN MOUSSANT
SI C'EST PAS MALHEUREUX ! SE DROGUER, QUAND IL N'Y A RIEN D'AUTRE À PENSER QUE TOURNER POUR ÊTRE HEUREUX !

SOOCIÉTÉ TU M'AURAS PAS..

UN DROGUÉ, SÛREMENT.
TU PARLES! UN ARTISTE, OUI!
... AI SOIF...
QU'EST-CE QU'Y DIT ?!
OUAAH COOL
J'COMPRENDS RIEN... QU'IL A SOIF
IL EN FAIT PAS UN PEU TROP?
C'EST POUR SURPRISE SUR PRISE ?
QU'EST-CE QU'Y S'PASSE ?
ENCOOORE PLEINE ?! MAIS C'EST PAS VRAI, ELLE EST SANS FIN CETTE BOUTEILLE.
VOILÀ, MAINTENANT Y RESTE PLUS QU'À ATTENDRE, LES SECOURS NE DEVRAIENT PLUS TARDER.

ÇA SONNE MIEUX
LE FOND DU BOCHAL
LES AVENTURES DE M..., POISSON-CHAT
MISTIGRI ?!! C'EST QUELLE ORIGINE COMME PRÉNOM ?
LES AVENTURES DE MISTIGRI, POISSON-CHAT
LE NOUVEAU, PAR MOMENTS, IL ME FAIT PRESQUE PEUR.
LES CONTES DU CHAT PERCHÉ

QU'EST-CE QU'IL A LE NOUVEAU ? IL ME FAIT LA GUEULE
LAISSE TOMBER, IL EST BIZARRE.

APRÈS AVOIR CRU TROUVER EN COCO, L'AMI QU'IL CHERCHAIT...
MIAOU
MIAOU
MISTIGRI SE RENDIT VITE COMPTE QUE SES RELATIONS AVEC LE POISSON-PERROQUET RESTAIENT TRÈS SUPERFICIELLES.

PETIT VISQUEUX À GROS POILU... L'EAU NE DORT PAS SEULE... C'EST LE MOMENT DE SE RÉVEILLER, JE RÉPÈTE,...
ZZZ RONFL RONFL ZZZ

LA FIN DES AVENTURES DE MISTIGRI OU LE DRAME DE L'ALZEIMER CHEZ LES POISSONS-CHATS
PAPA ! SOUVIENS-TOI ! C'EST MOI, TON FILS !

POISSON ROUGE AMÉRICAIN

CRONCH
CRONC
VOUS ÊTES SÛR QU'ON EST LÀ POUR DISTRAIRE LES GOSSES ?
"TITANIC" ? C'EST BIEN MAIS QU'EST-CE QUE ÇA DONNE FAIM !

POISSONS ROUGES AMÉRICAINS…

…DU SUD.

LE FOND DU BO AL.
TUF TUF
MOMAN !
TU VOLES, TU VOLES. OK ! MAIS MOI, J'AI JAMAIS SOIF !

ÉVIDEMMENT QU'ON VOUS EST SUPÉRIEURS ! T'AS DÉJÀ VU DES "OISEAUX NAGEANTS" ?
TU SAIS QU'UNE BÊTE FOURMI EST CAPABLE DE PORTER JUSQU'À 40 FOIS SON POIDS.

EVIDEMMENT QU'ILS FONT ÇA PAR VENGEANCE ! FAUT PAS OUBLIER QU'ILS VIVENT EN APPARTEMENT TOUTE L'ANNÉE.

UN PETIT OISEAU, UN PETIT POISSON S'AIMAIENT D'AMOUR TENDRE MAIS COMMENT S'Y PRENDRE...
FAUT VRAIMENT QU'ON RÉUSSISSE À SE TIRER D'ICI, L'AMBIANCE DEVIENT CARRÉMENT MALSAINE.

OUAAAiiis
C'EST ÇA PETIT ! VAS-Y ! OUAiiis !! COMME J'T'AI APPRIS PETIT ! C'EST LE DÉCOLLAGE LE PLUS DIFFICILE.
QU'ONT-ILS FAIT POUR MÉRITER ÇA ?
J'AI NAGÉ
J'AI VOLÉ

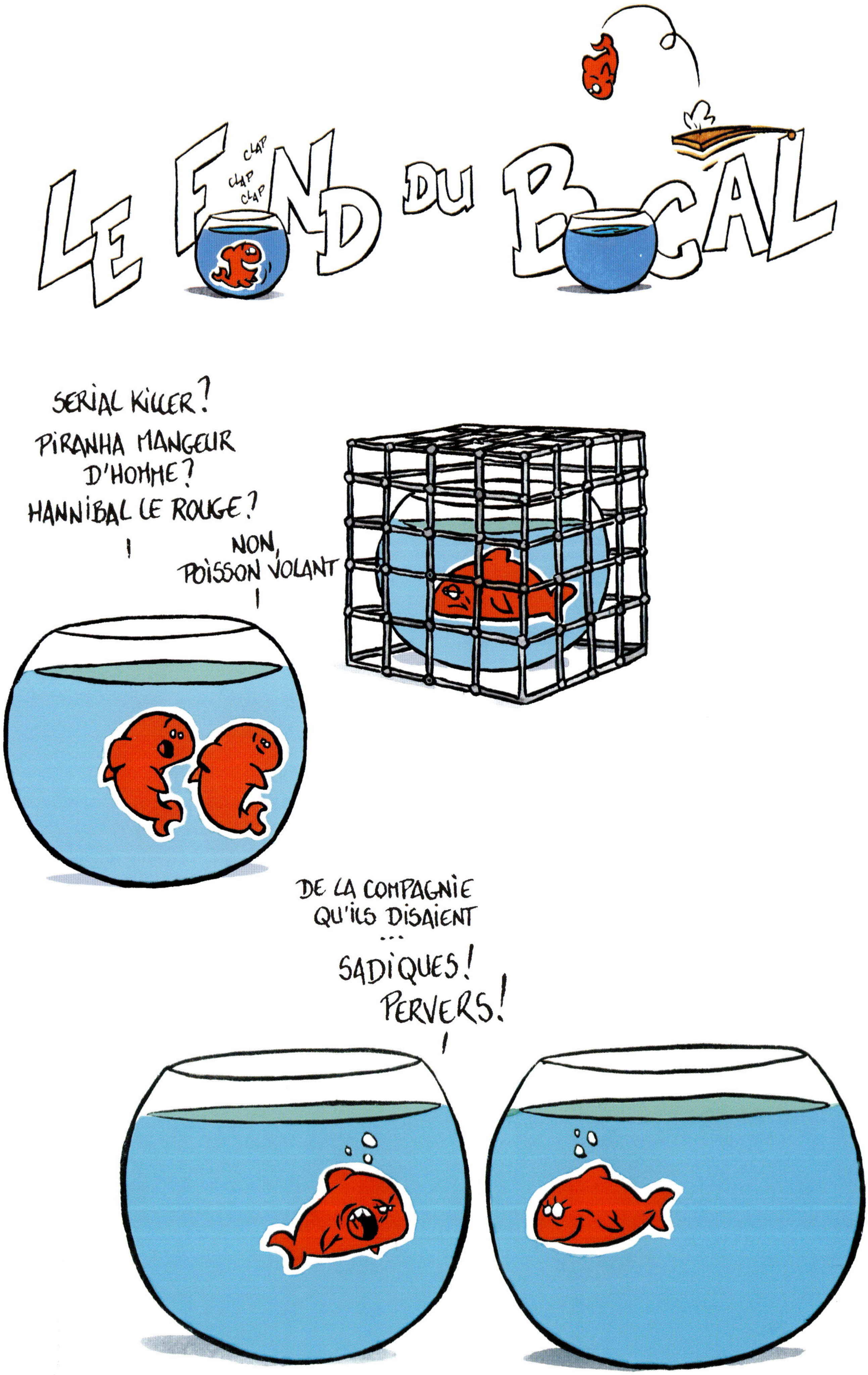
LE FOND DU BOCAL
CLAP CLAP CLAP
SERIAL KILLER? PIRANHA MANGEUR D'HOMME? HANNIBAL LE ROUGE?
NON, POISSON VOLANT
DE LA COMPAGNIE QU'ILS DISAIENT ... SADIQUES! PERVERS!

ON T'A DÉJA DIT QUE TU RESSEMBLAIS À UNE TORTUE ?
AH OUAIS, TU TROUVES ?

STARSKY ET HUTCH
LE PROCHAIN QUI NOUS APPELLE COCA ET COLA, J'LE CLAQUE !

À LA MONTAGNE ? POUR LES VACANCES ? NON, CE N'SERA PAS ENCORE POSSIBLE CETTE ANNÉE.

HEU...
CE PAPIER PEINT...
T'ES SÛR QUE ÇA ÉGAYE
TANT QUE ÇA
MA CHÉRIE ?
T'INQUIÈTE DONC PAS
POUR RIEN. T'AS ENTENDU
COMME MOI LE REPRENEUR,
UN PLAN DE RECLASSEMENT
EST DÉJÀ PRÉVU.
MAIS... CHÉRIE,
QU'EST-CE QUE
TU FAIS ?
JE RANGE, FIGURE-TOI !
TOUTE CETTE EAU QUI TRAÎNE,
ÇA ME BOUFFE L'ESPACE !

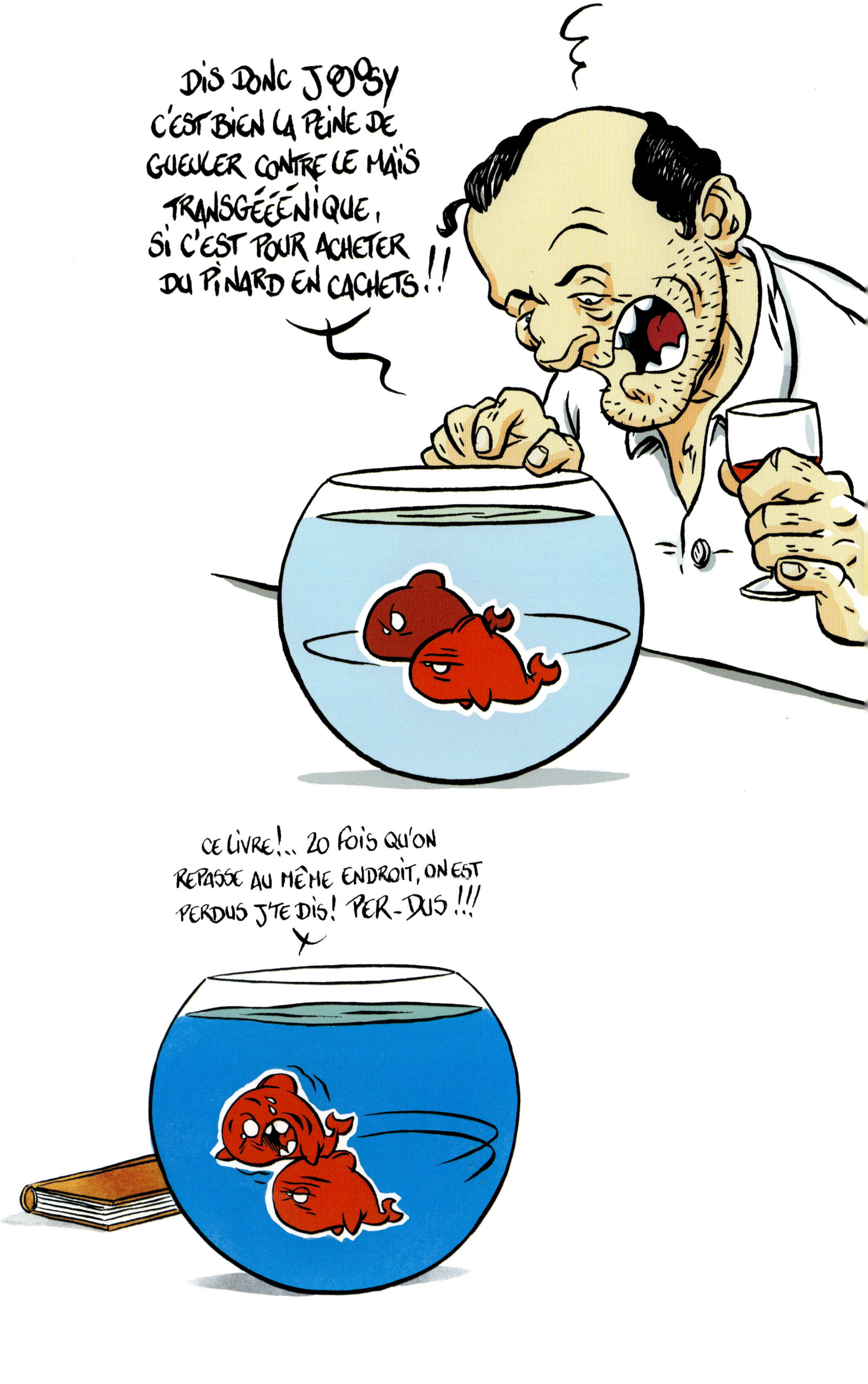
DIS DONC JOOOSY C'EST BIEN LA PEINE DE GUEULER CONTRE LE MAÏS TRANSGÉÉÉNIQUE, SI C'EST POUR ACHETER DU PINARD EN CACHETS !!
CE LIVRE !.. 20 FOIS QU'ON REPASSE AU MÊME ENDROIT, ON EST PERDUS J'TE DIS ! PER-DUS !!!

POISSON ROUGE
JAPONAIS

LE FOND DU BOCAL

ALLEZ SAVOIR ?! LA FRONTIÈRE ENTRE GÉNIE ET FOLIE EST TELLEMENT ÉTROITE
ON L'AURAIT PAS DÉJA CROISÉ TOUT À L'HEURE ?
MAINTENANT, RIEN DE PLUS SIMPLE, VOUS N'AVEZ PLUS QU'À SUIVRE LE BORD.

"BULLER", "TOURNER EN ROND"... VISIBLEMENT, QUELQU'UN CHERCHE À DÉNIGRER NOTRE ACTION.

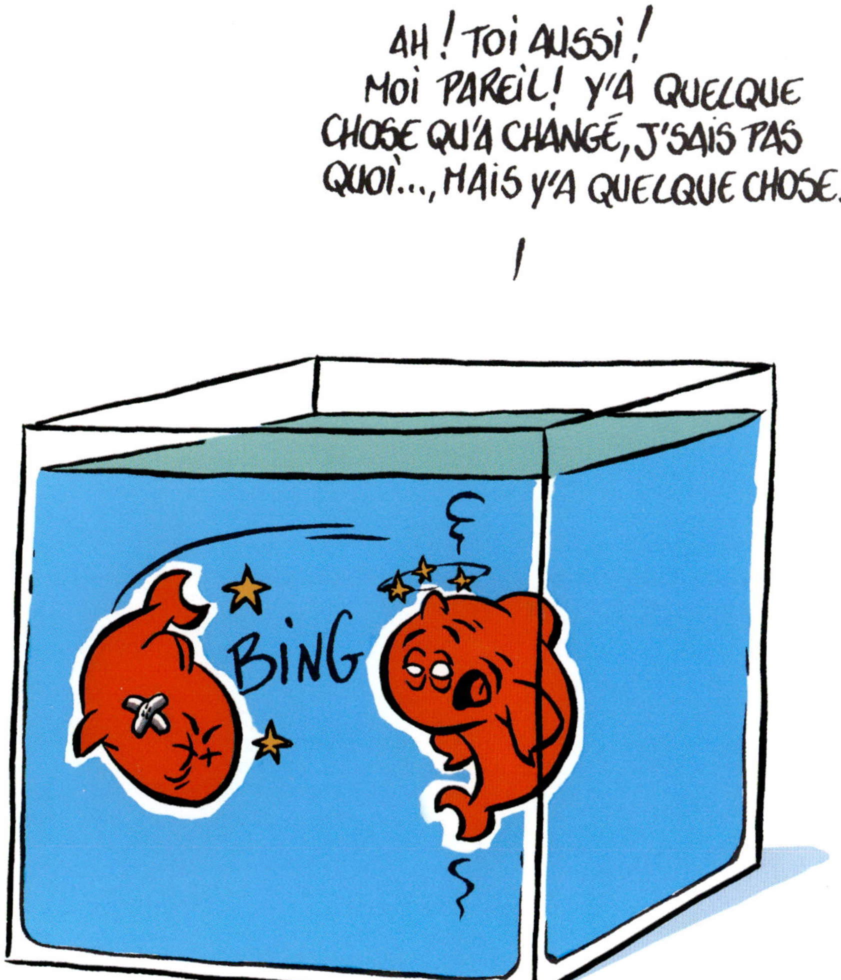
AH ! TOI AUSSI ! MOI PAREIL ! Y'A QUELQUE CHOSE QU'A CHANGÉ, J'SAIS PAS QUOI..., MAIS Y'A QUELQUE CHOSE.
BING

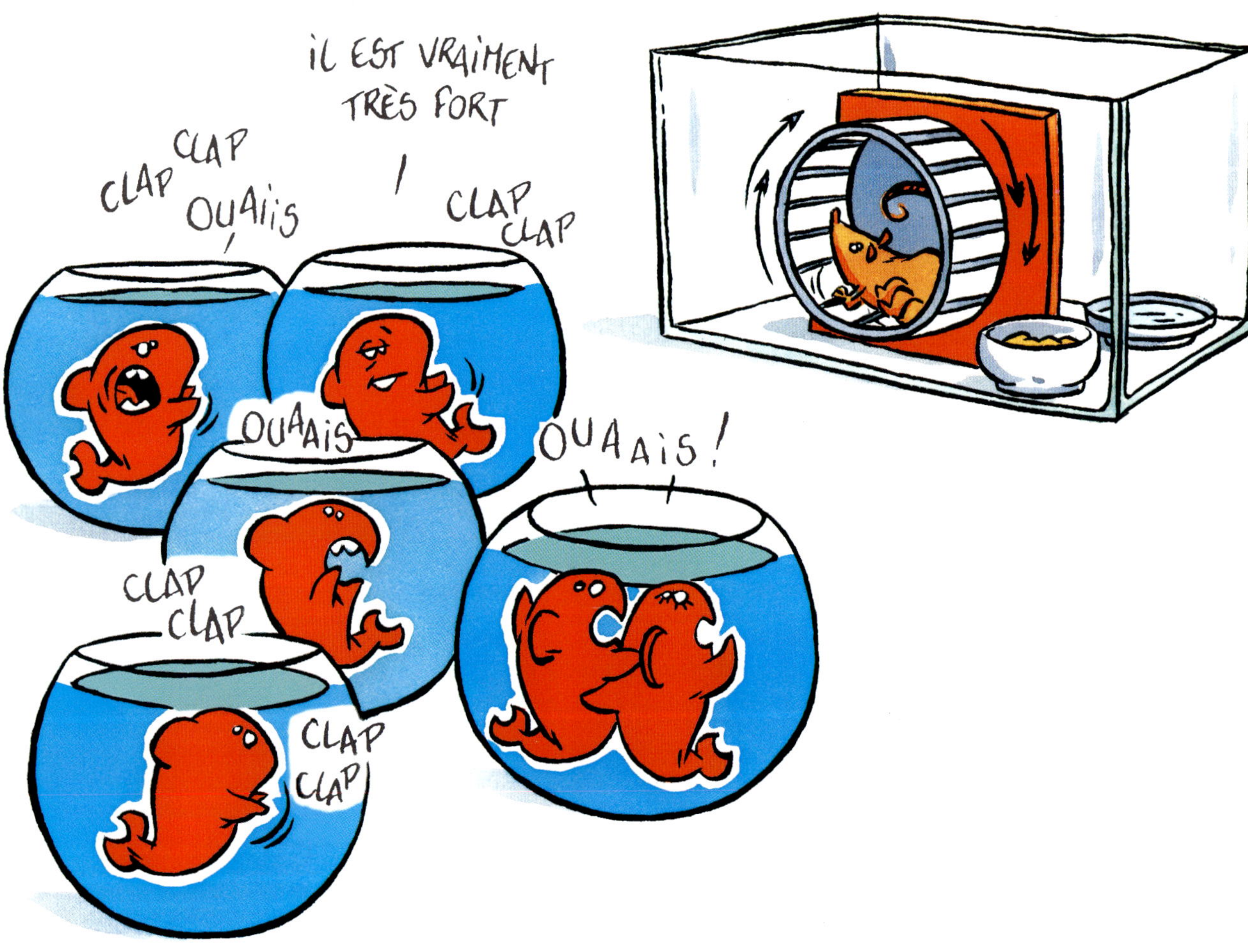
IL EST VRAIMENT TRÈS FORT
CLAP CLAP
OUAiis
CLAP CLAP
OUAAIS
OUAAIS!
CLAP CLAP
CLAP CLAP